戸渡阿見　絵本シリーズ

チーズ

作 ● 戸渡阿見《ととあみ》

絵 ● ゆめのまこ

琵琶湖《びわこ》の近江舞子《おうみまいこ》の水泳場《すいえいじょう》で、ひとしきり泳《およ》いだ少年《しょうねん》は、
泳《およ》ぎ疲《つか》れてバンガローに帰《かえ》った。
心地《ここち》よい疲労《ひろう》でぐっすり寝《ね》た少年《しょうねん》は、夜《よる》にふと目《め》が覚《さ》めた。

「あれえ。テーブルの上《うえ》にチーズがある。見《み》たこともないチーズだ」

興味深《きょうみぶか》そうに、少年《しょうねん》はチーズを眺《なが》めた。

箱《はこ》や包装紙《ほうそうし》には、『十勝《とかち》』と書《か》いてある。

「ふむー。母《かあ》さんが夜食《やしょく》のために、買《か》ってくれたんだ」

パリパリと音《おと》を立《た》て、チーズの箱《はこ》を開《あ》け、
メタリックな光沢《こうたく》ある銀紙《ぎんがみ》を剥《は》がすと、
柔《やわ》らかそうで、密度《みつど》の濃《こ》い乳脂肪《にゅうしぼう》が現《あらわ》れる。

外《そと》は固《かた》そうだが、中《なか》はドロッとした不思議《ふしぎ》なチーズだ。

少年《しょうねん》は、初《はじ》めて見《み》たチーズの、芳潤《ほうじゅん》な香《かお》りに鼻《はな》を近《ちか》づける。

十勝

「うーむ。いい匂《にお》いだ。おいしそぉー。食《た》べよおっと……」
少年《しょうねん》がチーズを手《て》に取《と》り、食《た》べようとすると、
チーズから赤《あか》い液体《えきたい》が滲《にじ》み出《で》た。
「な、な、なんだ。このチーズは……」
驚《おどろ》いて、チーズを眺《なが》める少年《しょうねん》を、
嘲笑《あざわら》うかのように見《み》つめる怪物《かいぶつ》がいた。
首《くび》から上《うえ》は全《まった》く羊《ひつじ》で、それ以外《いがい》は人間《にんげん》の、
いやらしいぐらい、黒髪《くろかみ》が美《うつく》しい怪物《かいぶつ》である。
少年《しょうねん》「ドヒャー！　か、怪物《かいぶつ》だあああ。逃《に》げよう……！」

クヌム神《しん》「まて！　逃《に》げるな。　少年《しょうねん》Aよ」
少年《しょうねん》「ぼ、ぼくは少年《しょうねん》Aじゃない。
そ、そんな犯罪《はんざい》はやってない」
クヌム神《しん》「人間界《にんげんかい》では、名前《なまえ》の解《わか》らぬ少年《しょうねん》を、
少年《しょうねん》Aと言《い》うのではないか」
少年《しょうねん》「言《い》わないよ。言《い》いません。
あれは、新聞《しんぶん》や雑誌《ざっし》で、
未成年《みせいねん》の犯罪者《はんざいしゃ》を表現《ひょうげん》する時《とき》だけですよ」

クヌム神《しん》「うむ……。
『少年《しょうねん》H』というのもあったな。
少年《しょうねん》のくせに、早《はや》くもエッチとは、
けしからん奴《やつ》だな……」
少年《しょうねん》「あ、あれは、
ぼくが尊敬《そんけい》する妹尾河童《せのおかっぱ》という人《ひと》が
書《か》いた、自伝小説《じでんしょうせつ》のタイトルですよ」
クヌム神《しん》「な、なにい！
背《せ》の低《ひく》いオカッパ頭《あたま》か。
いや……、妹《いもうと》を、尾《お》っぽから河童《かっぱ》に
変《か》える霊力《れいりょく》があるのだ。

それは……、すごい奴《やつ》じゃ……。
そんな奴《やつ》が、痔《じ》になった理由《りゆう》を
小説《しょうせつ》にするとはなあ……。
人間界《にんげんかい》も、まだまだ未知《みち》と神秘《しんぴ》に
満《み》ちておるなあ……。
少年《しょうねん》が尊敬《そんけい》するのも、無理《むり》はない。
わしは、河童《かっぱ》なら河童《かっぱ》、
妹《いもうと》なら妹《いもうと》と、
泥《どろ》をこねて作《つく》るだけだ。
まだ……、途中《とちゅう》で妹《いもうと》を河童《かっぱ》に
変《か》えることはできない」

少年《しょうねん》は、その不思議《ふしぎ》な怪物《かいぶつ》をまじまじとながめ、
なにかしら、親《した》しみを感《かん》じ始《はじ》める自分《じぶん》に、
安堵《あんど》を感《かん》じていた。
手《て》はまだ、小刻《こきざ》みに震《ふる》えているが、
顔《かお》はすでに微笑《ほほえ》みつつある。
少年《しょうねん》「あの……。羊《ひつじ》の怪物《かいぶつ》さん……」
クヌム神《しん》「し、失礼《しつれい》なことを言《い》うな。
わしは、怪物《かいぶつ》ではない。
れっきとした、エジプトの神《かみ》だ。
名《な》をば、天《あめ》普《ふ》通国《つうくに》準急《じゅんきゅう》県《けん》特急《とっきゅう》の……
ケントッキュウフライドチキン、
泥《どろ》こね奉《たてまつ》る騒々《そうぞう》しい創造神《そうぞうしん》、
クヌム神《しん》と申《もう》すのじゃ」

少年《しょうねん》「ほんとうですか」
クヌム神《しん》「ウソじゃ」
少年《しょうねん》「なあーんだ」
クヌム神《しん》「ただの、クヌム神《しん》でいいのじゃ」
少年《しょうねん》「ただと言《い》うと、お布施《ふせ》は要《い》らないんですね」
クヌム神《しん》「そのチーズを、少《すこ》しわけてくれれば、
それでいいのだ」
少年《しょうねん》「どうぞ、どうぞ。
でも、このチーズ、すごく変《へん》なんですよ。
普通《ふつう》のチーズじゃないんですよ。
食《た》べようとすると、赤《あか》い液《えき》が滲《にじ》み出《で》るんです」
クヌム神《しん》「それはそうだろう」
少年《しょうねん》「え、なんで？」

クヌム神《しん》「チーズだから、当然《とうぜん》……、『血出《ちい》ず』だ。
羊《ひつじ》のチーズも牛《うし》のチーズも、全《すべ》て乳《ちち》から採《と》れるもの。
そして、乳《ちち》は『チチ』、すなわち血《ち》が変化《へんか》したものだ」
少年《しょうねん》「それで、チーズから血《ち》が出《で》るのか。
ほんとうですか？」
クヌム神《しん》「ウソじゃ」
少年《しょうねん》「へえ……。なんでウソつくんですか」
クヌム神《しん》「それは、わしの単《たん》なる霊術《れいじゅつ》による技《わざ》じゃ。
お前《まえ》に、乳《ちち》のありがたさを教《おし》えるための、
わしの愛《あい》の罠《わな》だ。ワナワナ、震《ふる》えただろう」
少年《しょうねん》「わ、わかりました。
もう、血《ち》が出《で》ないようにしてください。
食《た》べられませんから……」

クヌム神《しん》「おかしいなあ……」
少年《しょうねん》「何《なに》がですか」
クヌム神《しん》「お前《まえ》は、先週《せんしゅう》の土曜《どよう》の夜《よる》、ステーキを食《た》べただろう。
あの時《とき》、『血《ち》のしたたるステーキって、ステーキだ。
好《す》きだー、うまい……』と言《い》ってたじゃないか」
少年《しょうねん》「そりゃあ……、ステーキなら、レアで焼《や》いて、
血《ち》がしたたるぐらいが好《す》きです」

クヌム神《しん》「お前《まえ》の先祖《せんぞ》は、頬白鮫《ほおじろざめ》か」
少年《しょうねん》「えっ。何《なん》ですか、それ？」

クヌム神《しん》「知《し》らんのか。有名《ゆうめい》な、人喰《ひとく》い鮫《ざめ》のことじゃ。
小判鮫《こばんざめ》や、人類《じんるい》の祖先《そせん》とも言《い》われる猫鮫《ねこざめ》と比《くら》べ、
頬白鮫《ほおじろざめ》は、お化粧《けしょう》をするんだ。
そして、鮫肌《さめはだ》の女性《じょせい》は襲《おそ》わない。
ウソだと思《おも》うだろ。実《じつ》は、ウソなんだ」
少年《しょうねん》「へえー。クヌム神《しん》さん。ウソみたいな教養《きょうよう》あるね」
クヌム神《しん》「まあ、ね。わからぬことがあれば、わしに聞《き》きなさい」
少年《しょうねん》「何《なん》でも答《こた》えてくれるの？」
クヌム神《しん》「わからぬことは、わからんと答《こた》えることが、
わからんのか。この、少年《しょうねん》AとH、HBよ」
少年《しょうねん》「エンピツのように言《い》わないでよ」

クヌム神《しん》「ところで……。その十勝《とかち》チーズを食《た》べてみろよ。
わしにも、少《すこ》しよこせよ」
少年《しょうねん》「うん。食《た》べるよ！」
少年《しょうねん》は、ニコニコしながら、すでに血《ち》が出《で》なくなったチーズを、
手《て》にとって食《た》べようとした。

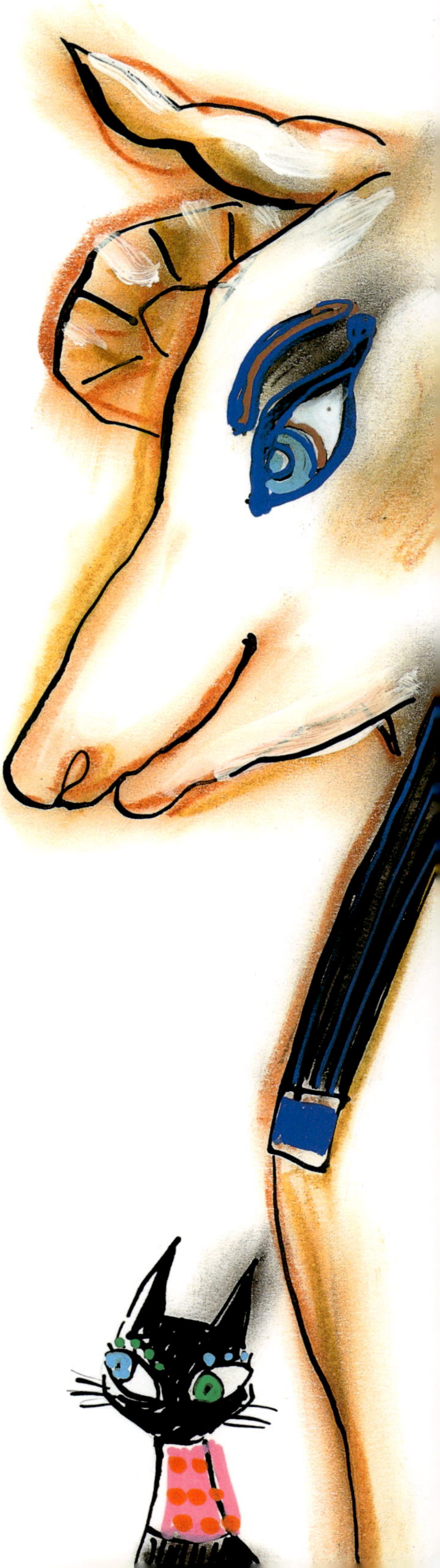

すると、その不思議《ふしぎ》なチーズは、みるみる小《ちい》さくなり、
ピーナッツぐらいの大《おお》きさになった。
少年《しょうねん》は、驚《おどろ》きのために絶句《ぜっく》した。
少年《しょうねん》「ウッ、ウーーッ。このー、チーズが……。
ピーナッツ大《だい》になるなんて……」

クヌム神《しん》「ハッハッハッハッ。
見《み》たか、十勝《とかち》チーズの恐《おそ》ろしさを……」
少年《しょうねん》「こ、このチーズは……。
食《た》べようとしただけで、
どんどん縮《ちぢ》まるなんて……」
チーズが急《きゅう》に恐《こわ》くなった少年《しょうねん》は、
ピーナツ大《だい》のチーズを、
サッとテーブルの上《うえ》に置《お》いた。
すると、チーズはまた元《もと》の大《おお》きさに戻《もど》った。
少年《しょうねん》「ええ……え……。なんだこりゃあ……」
クヌム神《しん》「わっはっはっはっ。
十勝《とかち》チーズのすごさがわかったか!
少年《しょうねん》よ。もう一度《いちど》、チーズを食《た》べてみろ……」

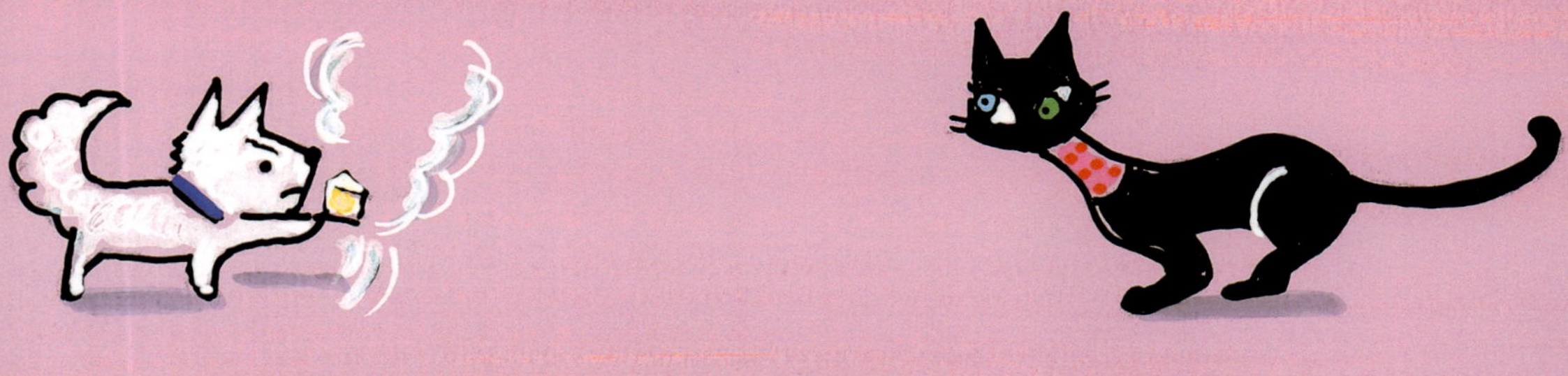

少年《しょうねん》「ええー？
もう一度《いちど》食《た》べるんですかあ……」
少年《しょうねん》はクヌム神《しん》にそう言《い》われ、
しぶしぶそのチーズを手《て》に取《と》り、
食《た》べようとした。
すると、またチーズは小《ちい》さくなった。
少年《しょうねん》「おれ、もういやだあ。
チーズなんか、もういらない」
クヌム神《しん》「まあ、そう言《い》うな。
それを続《つづ》けていると、
きっといいことがあるぞ」
少年《しょうねん》「ほんとに？」

それから少年《しょうねん》は、取《と》って口《くち》を開《あ》け、食《た》べようとするとチーズは小《ちい》さくなり、
テーブルに置《お》くと、また元《もと》に戻《もど》るという行為《こうい》を、三十三回《さんじゅうさんかい》繰《く》り返《かえ》した。
少年《しょうねん》「参《まい》りました。お許《ゆる》し下《くだ》さい。ぼくが悪《わる》かった。
最初《さいしょ》にクヌム神《しん》さんを見《み》た時《とき》に、化《ば》け物《もの》だ、怪物《かいぶつ》だと思《おも》ったタタリです。
これはタタリです。お許《ゆる》し下《くだ》さい。
もう、これ以上《いじょう》できません。お許《ゆる》し下《くだ》さい。
いいことが何《なん》もなくてもいい。
だからもう、勘弁《かんべん》して下《くだ》さい。何卒《なにとぞ》もう、お許《ゆる》し下《くだ》さい」

クヌム神《しん》「おいおい少年《しょうねん》よ。大志《たいし》を抱《いだ》け。

ボーイズ・ビー・アンビリバボーだ。

世《よ》の中《なか》には、信《しん》じられないことが沢山《たくさん》あるんだ。

古来《こらい》よりエジプトでは、全《すべ》ての物《もの》には本当《ほんとう》の名前《なまえ》があり、

その名《な》を知《し》ると、それを支配《しはい》できると言《い》われている。

お前《まえ》が、その不思議《ふしぎ》なチーズの本当《ほんとう》の名《な》を知《し》れば、

そのチーズを支配《しはい》し、おいしく食《た》べることができる。

これは、その神試《かみだめ》しなのだ。

モーツァルトのオペラ『魔笛《まてき》』の主人公《しゅじんこう》は、火《ひ》の試練《しれん》と水《みず》の試練《しれん》を

乗《の》り越《こ》えたが、お前《まえ》には、チーズの試練《しれん》が与《あた》えられたのだ。

このチーズの、本当《ほんとう》の名前《なまえ》を言《い》え！」

少年《しょうねん》「そんなこと言《い》われたって、わかんないよお」

クヌム神《しん》「良《よ》く考《かんが》えろ。そして、祈《いの》れ」

少年《しょうねん》「うむ……。うむー……。
『神様《かみさま》、どうかこのチーズの、本当《ほんとう》の名《な》を教《おし》えて下《くだ》さい。
どうか、どうか……』」
クヌム神《しん》「よし、よし。わかったか」
少年《しょうねん》「わかんない」
クヌム神《しん》「ばか者《もの》！　あの『魔笛《まてき》』の主人公《しゅじんこう》は、
試練《しれん》を受《う》けた時《とき》は、必《かなら》ず不思議《ふしぎ》な笛《ふえ》を吹《ふ》いたのだ。
お前《まえ》も、笛《ふえ》を吹《ふ》け！」

少年《しょうねん》「笛《ふえ》なんて、持《も》ってないよ」
クヌム神《しん》「さがせ」
少年《しょうねん》「探《さが》してもないよおお」
クヌム神《しん》「それなら、作《つく》れ」
少年《しょうねん》「作《つく》る道具《どうぐ》も、材料《ざいりょう》もないし、
あっても作《つく》り方《かた》がわからないよ」
クヌム神《しん》「なんとかしろ、なんとか」
少年《しょうねん》「できないいいいい」

切羽詰《せっぱつ》まった少年《しょうねん》は、
おもわず、オナラをしてしまった。

プワオーーン。
プオーン。
プリ。

合計《ごうけい》、三発《さんぱつ》のオナラが出《で》た。
クヌム神《しん》「おおおー。見事《みごと》じゃ、見事《みごと》じゃ。
見事《みごと》な『魔笛《まてき》』じゃ。
お前《まえ》は、なぜ早《はや》くその笛《ふえ》を
出《だ》さなかったのじゃ」
少年《しょうねん》「これは、笛《ふえ》じゃないよ」
クヌム神《しん》「さよう。それは『魔笛《まてき》』じゃ」

その時《とき》、天井《てんじょう》から微《かす》かな光《ひかり》が差《さ》し込《こ》み、
あたりはだんだん明《あか》るくなった。
天上界《てんじょうかい》の妙《たえ》なる音曲《おんぎょく》が、少年《しょうねん》の心《こころ》を癒《いや》す。
すると、瞑目《めいもく》するクヌム神《しん》の目《め》から涙《なみだ》が流《なが》れ、
頬《ほお》を伝《つた》う涙《なみだ》は、光線《こうせん》につつまれ輝《かがや》いている。
静《しず》まりかえった部屋《へや》は、物音一《ものおとひと》つしない。
宇宙《うちゅう》の星《ほし》も、地球《ちきゅう》の大気《たいき》も、完全《かんぜん》に停止《ていし》する静寂《せいじゃく》の中《なか》、
クヌム神《しん》は静《しず》かに、厳《おごそ》かに口《くち》を開《ひら》いた。

クヌム神《しん》「少年《しょうねん》よ……。わかったぞ。
そのチーズの、本当《ほんとう》の名《な》を……」
少年《しょうねん》「えっ。ほ、ほんとうですか」
クヌム神《しん》「うむ……。ほんとうだ。
よく聞《き》け、このチーズは、食《た》べようと口《くち》に入れ、
噛《か》もうとすると小《ちい》さくなった。
だから、『カマンベール』チーズだ」
少年《しょうねん》「ええ？　カマンベールチーズ？」
クヌム神《しん》「そうだ。漢字《かんじ》で書《か》けば解《わか》る。『噛《か》まん減《べ》るチーズ』だ」

少年《しょうねん》「すごい。まるで、小説《しょうせつ》『ダ・ヴィンチ・コード』の
ラングドン教授《きょうじゅ》だ。
チーズの、本名《ほんみょう》の暗号《あんごう》を解読《かいどく》したんだ」

クヌム神《しん》「おい、カマンベールチーズ。
本当《ほんとう》の名《な》を知《し》ったからには、黙《だま》って言《い》う通《とお》りにしてもらおう。
そのまま、元《もと》のサイズで少年《しょうねん》に食《た》べられるのだ」
カマンベールチーズ「み、見破《みやぶ》られたあ……。もうだめだあ……。
だが、しかし……。ふっ、ふっ、ふっ……」
少年《しょうねん》「な、なんだこのチーズ。不敵《ふてき》な笑《え》みを浮《う》かべてる……」
すると、テーブルのすべてのチーズが、一斉《いっせい》に動《うご》き始《はじ》め、
部屋《へや》の隅《すみ》に固《かた》まってしまった。

クヌム神《しん》「なんじゃ。このチーズ。
一筋縄《ひとすじなわ》ではいかんなあ……」
少年《しょうねん》「おーい。チーズさあーん。
こっちへおいでえ……」
少年《しょうねん》がチーズに呼《よ》びかけると、
全《すべ》てのチーズが、一斉《いっせい》に小《ちい》さくなった。
少年《しょうねん》「なんだ、こりゃ。
チーズがみんな小《ちい》さくなった」
クヌム神《しん》「うむ……。そうだ、少年《しょうねん》よ。あれだ、あれ」
少年《しょうねん》「あれって？」
クヌム神《しん》「『魔笛《まてき》』だ。『魔笛《まてき》』を鳴《な》らせ！」

少年《しょうねん》「そ、そんなに、自由自在《じゆうじざい》に出《だ》せないよ」
クヌム神《しん》「なんとかしろ！　なんとか」
少年《しょうねん》「できないよおお」
クヌム神《しん》「さっきは、
ちゃんとできたじゃないか」
少年《しょうねん》「あれは、たまたまだよ……」
クヌム神《しん》「そうか、わかった」
少年《しょうねん》「なにがわかったの？」

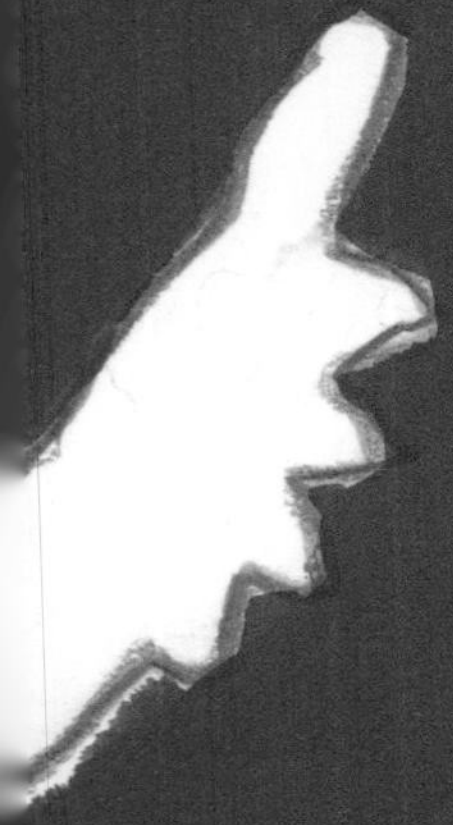

クヌム神《しん》「魔笛《まてき》を鳴《な》らす、暗号《あんごう》が解《わか》ったのだ」
と、言《い》うより早《はや》く、クヌム神《しん》は頭《あたま》の角《つの》を、
少年《しょうねん》の股《また》に突《つ》き刺《さ》した。
少年《しょうねん》「いてててええ。
クヌム神《しん》さん、いったい何《なに》をするんだ」
クヌム神《しん》「少年《しょうねん》よ。たまたまから、『魔笛《まてき》』が鳴《な》ったと
言《い》ったじゃないか」
少年《しょうねん》「たまたまにも、いろんな意味《いみ》があるんだあ」

部屋《へや》の隅《すみ》で小《ちい》さくなり、固《かた》まっていたチーズ達《たち》も、さっきから笑《わら》ってる。
しかし、痛《いた》くて転《ころ》げ回《まわ》る少年《しょうねん》が、チーズ達《たち》の笑《わら》う声《こえ》を聞《き》いた途端《とたん》、
大《おお》きなオナラをしたのだ。

バリバリ、ブリブリ、ポワーン。

クヌム神《しん》「おおおお。わしの判断《はんだん》に狂《くる》いはなかった。
今《いま》までにない、すばらしい『魔笛《まてき》』だ。
バリ島《とう》のブリが、ホラ貝《がい》を吹《ふ》いたような『魔笛《まてき》』だ」

さかんに感心《かんしん》し、感動《かんどう》するクヌム神《しん》である。
その頭上《ずじょう》から、まばゆい光《ひかり》が差《さ》し込《こ》んできた。
白金《はっきん》に近《ちか》い、崇高《すうこう》な黄金色《こがねいろ》だ。
先《さき》ほどの天上《てんじょう》の光《ひかり》の、三倍《さんばい》まばゆい明《あか》るさだ。
部屋《へや》の四方《しほう》からは、今《いま》まで耳《みみ》にしたこともない、
妙《たえ》なる音楽《おんがく》が聞《き》こえてきた。
クヌム神《しん》「なんという、神《かみ》なる音楽《おんがく》なんだ。
なんという、まばゆい天上界《てんじょうかい》の光《ひかり》なんだ。
ああ、もう、わしは。
このまま、バターかチーズが日《ひ》の光《ひかり》に照《て》らされ、
溶《と》けてゆくように消《き》えてもいい。そんな感動《かんどう》だ」

そのまま目《め》をつぶり、しばらく彫刻《ちょうこく》のように固《かた》まったクヌム神《しん》。
ややあって、そよ風《かぜ》が吹《ふ》くように、ふっと口元《くちもと》がほころび、
ニャーと笑《わら》った。
それから、突然大《とつぜんおお》きな声《こえ》で笑《わら》った。
クヌム神《しん》「わっはっはっはっ。わかったぞ。
ついに見破《みやぶ》ったぞ。チーズめ」
少年《しょうねん》「ほ、ほんとに。わかったの?」
クヌム神《しん》「わかった。少年《しょうねん》よ、安堵《あんど》せよ。
これも、お前《まえ》の見事《みごと》な『魔笛《まてき》』のおかげだ。礼《れい》を言《い》うぞ」

部屋《へや》の片隅《かたすみ》のチーズ達《たち》は、不敵《ふてき》な笑《え》みを浮《う》かべていたが、
クヌム神《しん》の言葉《ことば》を聞《き》くと、一瞬《いっしゅん》ビクッとなった。
心《こころ》なしか、震《ふる》えているようにも見《み》える。
クヌム神《しん》「おい、チーズども。これで、お前達《まえたち》も年貢《ねんぐ》の納《おさ》め時《どき》だ。
覚悟《かくご》しろ。今《いま》わかったぞ。お前達《まえたち》のもつ、もう一《ひと》つの本名暗号《ほんみょうあんごう》が……」
少年《しょうねん》「へえええ、すごいいい。早《はや》く聞《き》かせてよ、クヌム神《しん》さん」
クヌム神《しん》「そう慌《あわ》てるな」
少年《しょうねん》「わ、わかったよ」
クヌム神《しん》「いいか、チーズども。鼻《はな》の穴《あな》カッぽじって、よーく聞《き》け」
少年《しょうねん》「耳《みみ》の穴《あな》じゃないの？」
クヌム神《しん》「細《こま》かいことは、この際《さい》いいんだ。
それより、お前達《まえたち》チーズどもは、こっちへおいでと言《い》った瞬間《しゅんかん》、

一斉《いっせい》に小《ちい》さくなったな」

少年《しょうねん》「それがどうしたの」

クヌム神《しん》「まあ、聞《き》け。

つまり、少年《しょうねん》が『カマン』と誘《さそ》ったから、一斉《いっせい》に『減《へ》り』始《はじ》めたのだ。

だから、お前達《まえたち》チーズどもは、『カマンベール』なのだ」

少年《しょうねん》「ちょ、ちょっと。
それを言《い》うなら、カモンベールじゃないの」
クヌム神《しん》「ば、ばかな。
少年《しょうねん》よ、お前《まえ》の発音《はつおん》は、イギリス英語《えいご》だ。
アメリカ英語《えいご》では、『Λ』という発音《はつおん》は、『ɑ』より『エ』に近《ちか》い、
リンガチュア『ア』の発音《はつおん》になる。
だから、カモンじゃなく、カマンなのだ」
さっきから、小刻《こきざ》みに震《ふる》えていたチーズ達《たち》は、
一斉《いっせい》に元《もと》の大《おお》きさになり、叫《さけ》んだ。
チーズ達《たち》「み、見破《みやぶ》られたあ……。
たいへーん、恐《おそ》れ入《い》りました。
もう、私達《わたしたち》は、何《なん》でもあなた達《たち》の言《い》う通《とお》りにします」

と言《い》うなり、チーズ達《たち》はテーブルに飛《と》んできて、
整然《せいぜん》と並《なら》んだ。
クヌム神《しん》「これで大丈夫《だいじょうぶ》だ。
少年《しょうねん》よ、われわれはカマンベールチーズの謎《なぞ》を、
全《すべ》て解《と》き明《あ》かし、十分《じゅうぶん》に勝《か》った」
少年《しょうねん》「だから、十勝《とかち》カマンベールチーズなんだ」
クヌム神《しん》「その通《とお》りだ。
さあ、少年《しょうねん》よ。一緒《いっしょ》に食《た》べよう」
二人《ふたり》は夢中《むちゅう》で、十勝《とかち》カマンベールチーズを食《た》べた。
そのおいしいこと、おいしいこと。

クヌム神《しん》「おい、うまいなあ。少年《しょうねん》よ。
ほんのこつ、たいがうまかあ」
少年《しょうねん》「それ、どこの言葉《ことば》？」
クヌム神《しん》「熊本弁《くまもとべん》じゃよ」
少年《しょうねん》「なんで、熊本《くまもと》なんですかあ？」
クヌム神《しん》「阿蘇山《あそさん》に友達《ともだち》がいてなあ。
一緒《いっしょ》に阿蘇牛《あそぎゅう》のチーズを食《た》べたのを、
さっきから思《おも》い出《だ》してたんだ」
少年《しょうねん》「あっそー」

クヌム神《しん》「少年《しょうねん》よ。お前《まえ》も将来《しょうらい》、面白《おもしろ》い人間《にんげん》になるなあ」
少年《しょうねん》「そうかなあ。それにしても、ほんとにおいしいチーズだね。苦労《くろう》のかいがあったねえ」
クヌム神《しん》「おい、少年《しょうねん》。熊本弁《くまもとべん》で言《い》ってくれ。わしも、一緒《いっしょ》に言《い》いたい」
少年《しょうねん》「わかったよ」
クヌム神《しん》、少年《しょうねん》「うまかあ、うまかあ、ほんのこつうまかあ。このチーズ、たいがうまかあ……」

夕食《ゆうしょく》の時間《じかん》が来《き》たので、少年《しょうねん》の母親《ははおや》は、
バンガローの前《まえ》で食事《しょくじ》の仕度《したく》をしている。
少年《しょうねん》がなかなか起《お》きてこないので、業《ごう》を煮《に》やした母親《ははおや》が、
バンガローで寝《ね》ている少年《しょうねん》を起《お》こしに来《き》た。
母親《ははおや》「のぼる君《くん》。のぼる君《くん》。起《お》きて、起《お》きなさいよ」
のぼる「うーむ。ムニャムニャー。うまかあ、うまかあ……」
母親《ははおや》「なに寝《ね》ぼけてるのよ。早《はや》く起《お》きなさい。
母親《ははおや》のことを、『うまかあ』だなんて。
私《わたし》は馬《うま》じゃなくて、人間《にんげん》よ。早《はや》く起《お》きて……」

その時《とき》、父親《ちちおや》もバンガローに来《き》て、
少年《しょうねん》に夕食《ゆうしょく》の食材《しょくざい》を見《み》せて、
喜《よろこ》ばそうとしている。
ニコニコしながら、父親《ちちおや》は言《い》った。
父親《ちちおや》「のぼる……。
今夜《こんや》は、バンガローの前《まえ》でバーベキューだぞ。早《はや》く起《お》きろよ」
のぼる「ムニャムニャ……。『たいがうまかあ。たいがうまかあ』」
父親《ちちおや》「鯛《たい》じゃないんだよ。鯛《たい》がうまいのはわかってるが、
今夜《こんや》は、ラムのバーベキューだぞ。それに、チーズサラダもある。

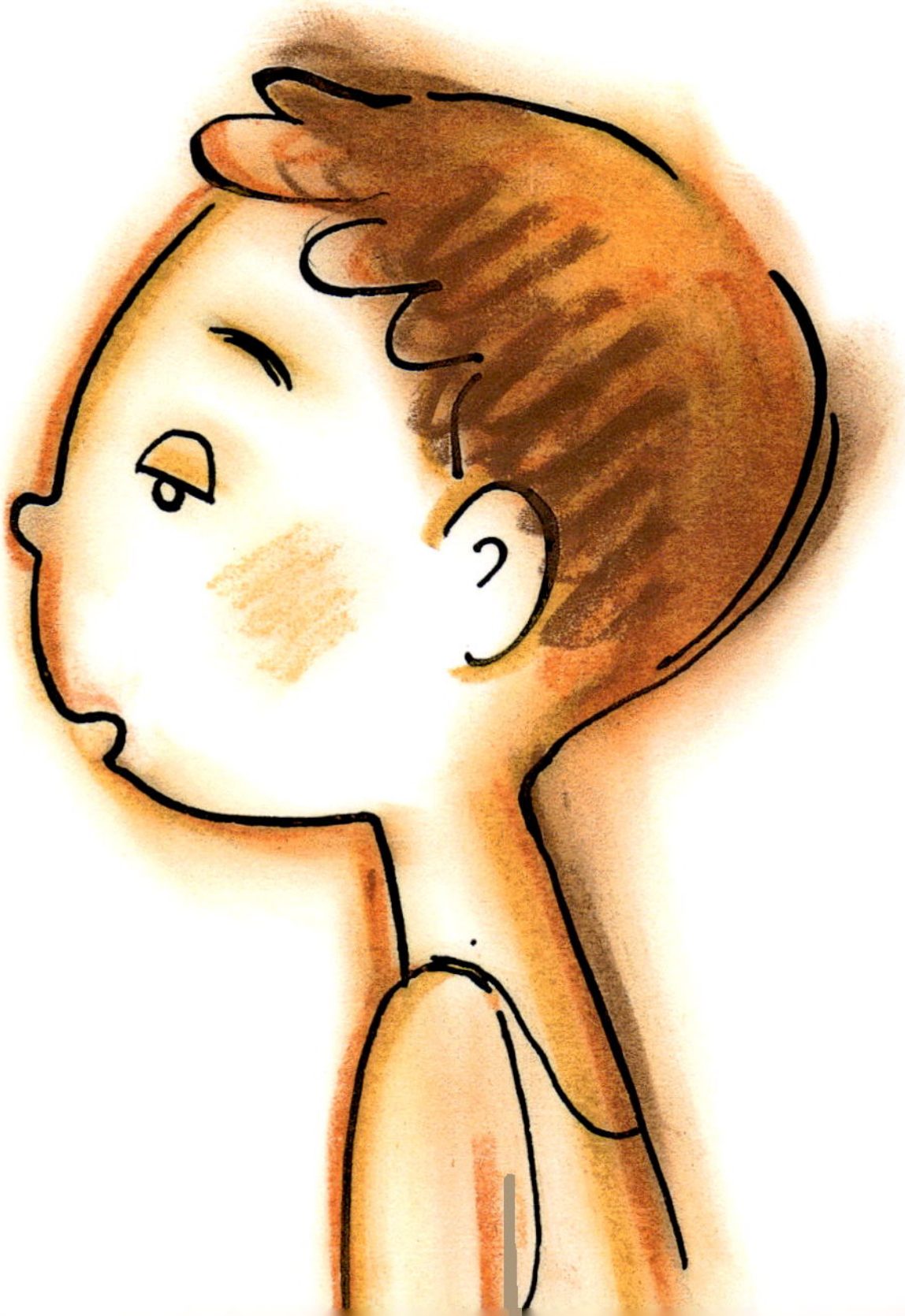

ほら、これを見《み》ろ。すごいだろう。
車《くるま》で遠出《とおで》して、大《おお》きなスーパーで買《か》ってきたんだぞ。早《はや》く起《お》きろよ」

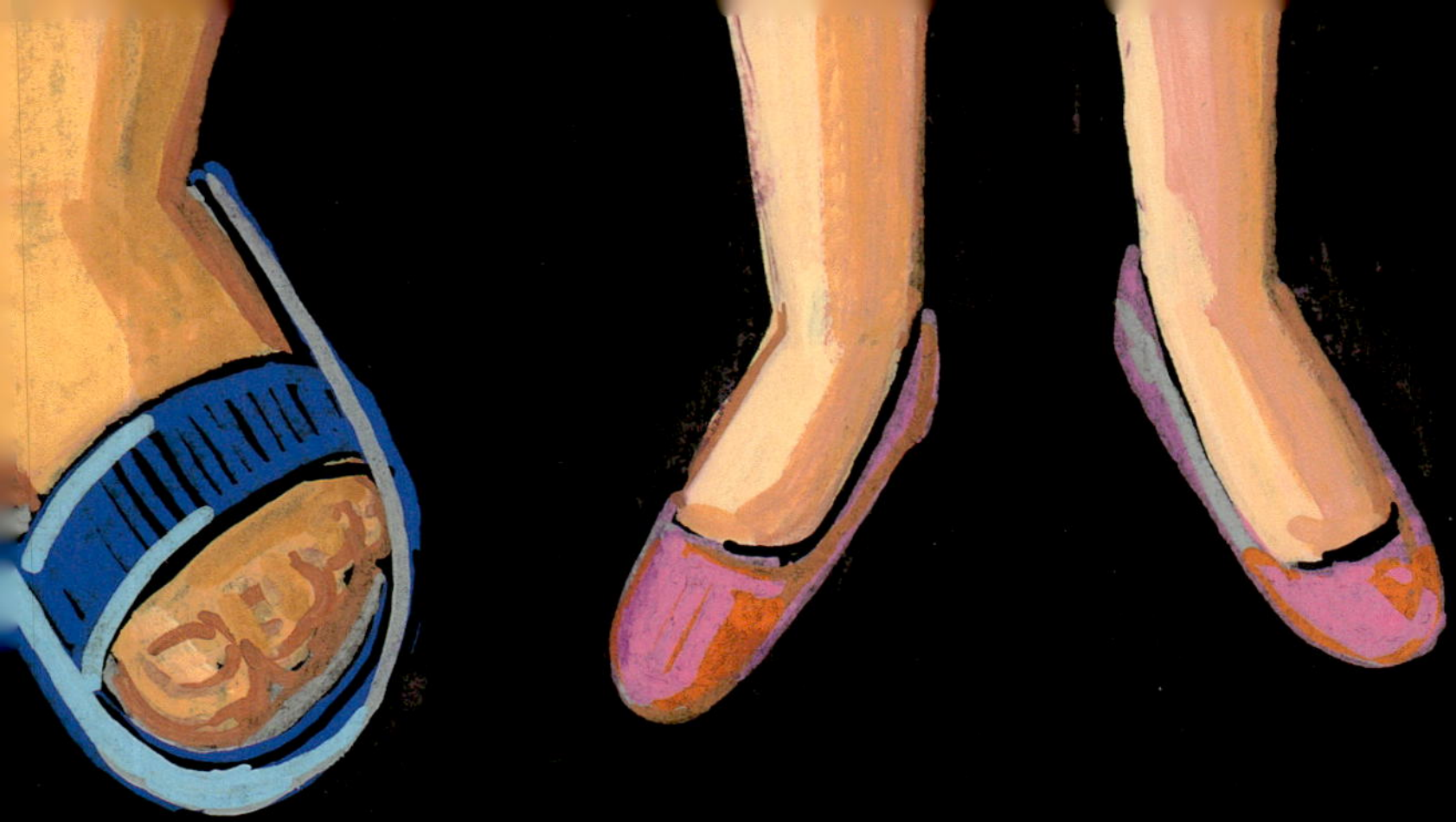

のぼる「ラム……。チーズ……。
なに……、なに……」
母親《ははおや》「羊《ひつじ》の肉《にく》と、カマンベールチーズのサラダよ」
のぼる「え、え、何《なん》だって。
なんてことするんだあ！」

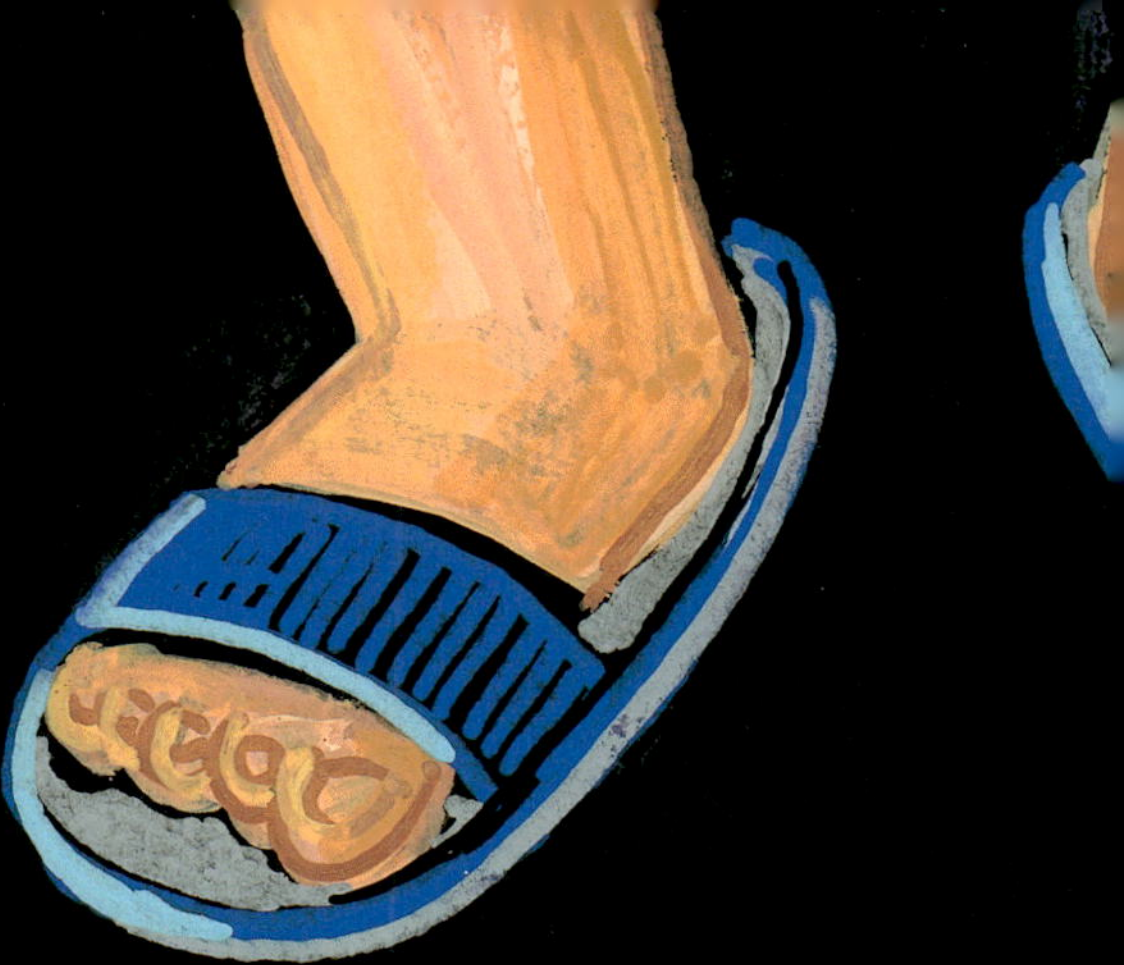

ガバッと起《お》きあがったのぼるは、
羊肉《ようにく》の骨付《ほねつ》きラムを手《て》に取《と》って、
おんおん泣《な》き始《はじ》めた。
きょとんと見《み》つめる両親《りょうしん》に向《む》かって、
のぼるは言《い》った。

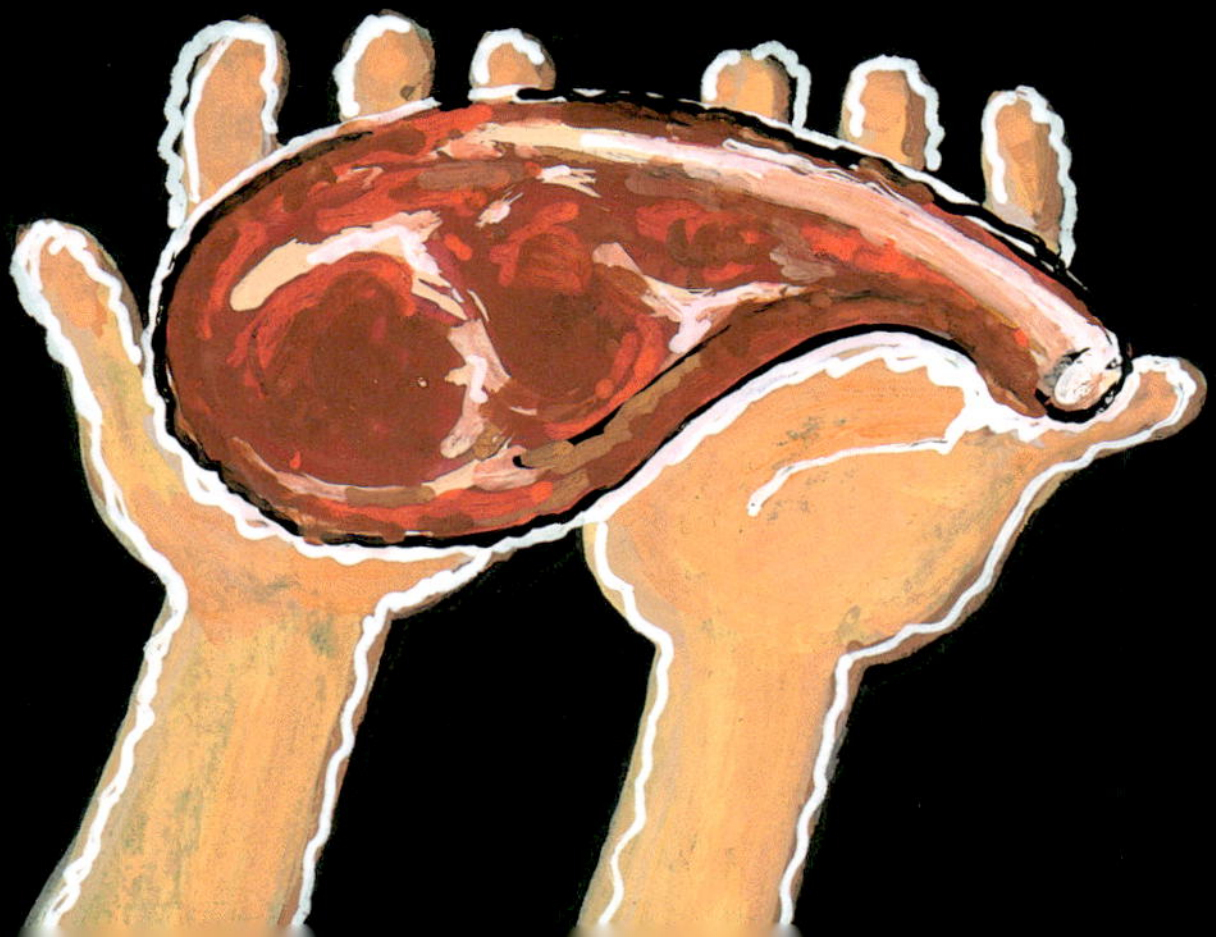

のぼる「もう、もう、二度《にど》と羊《ひつじ》の肉《にく》だけは
買《か》わないで……。
ぼ、ぼくは、羊《ひつじ》の神様《かみさま》と友達《ともだち》なんだ。
本当《ほんとう》に本当《ほんとう》に、親友《しんゆう》なんだ。
だから、お願《ねが》いだ。
もう、羊《ひつじ》の肉《にく》は二度《にど》と買《か》わないで！
おねがい、だあ……。
わあーん！
わあーん！
わあーん！」

いつまでも泣《な》き続《つづ》ける、のぼるの悲痛《ひつう》な泣《な》き声《ごえ》は、
バンガローに谺《こだま》し、琵琶湖《びわこ》の湖面《こめん》に広《ひろ》がっていった。

郵便はがき

料金受取人払郵便

荻窪支店承認

8277

差出有効期限
平成22年
3月18日まで
(切手不要)

167-8790

185

東京都杉並区西荻南2-20-9
たちばな出版ビル
株式会社 たちばな出版

戸渡阿見 絵本シリーズ
『チーズ』係行

フリガナ	
おなまえ	
ご住所	〒　　　—
電話番号	—　　—
eメール アドレス	@

◆通信販売も致しております。挟み込みのミニリーフをご覧ください。
電話 03-5941-2611 (平日10時～18時)

◆ホームページ (http://www.tachibana-inc.co.jp/) からもご購入になれます。

性別	男・女	ご職業		年齢	歳

◆ご購入書名　**戸渡阿見 絵本シリーズ『チーズ』**

◆本書のご購入方法をお知らせください。

① 書店（　　　　　　　市·町　　　　　　　書店）
② インターネット通販（サイト名：　　　　　　）
③ 当社通販　④その他（　　　　　　）

◆本書をどのようにしてお知りになりましたか？

① 書店　② 当社目録　③ ダイレクトメール　④ 人から勧められて
⑤ 広告で（朝日・毎日・読売・日経・産経・その他　　　　）
⑥ その他（　　　　　　）

◆本書購入の決め手となったのは何でしょうか？

① 内容　② 著者　③ 絵　④ カバーデザイン　⑤ タイトル
⑥ その他（　　　　　　）

◆本書のご感想をお聞かせください。

◆絵本化を希望する戸渡阿見作品がありましたら、お書きください。

◆あなたの好きな絵本、心に残っている絵本を教えてください。

ご協力ありがとうございました。

当社出版物の企画の参考とさせていただくとともに、新刊等のご案内に利用させていただきます。また、ご感想は、お名前を伏せた上で、当社ホームページや書籍案内に掲載させていただく場合がございます。

戸渡　阿見　とと　あみ　プロフィール

　兵庫県西宮市出身。本名半田晴久。1951年生まれ。同志社大学経済学部卒業。武蔵野音楽大学特修科（マスタークラス）声楽専攻卒業。西オーストラリア州立エディスコーエン大学芸術学部大学院修了。創造芸術学修士（MA）。中国国立清華大学美術学院美術学学科博士課程修了。文学博士（Ph.D）。中国国立浙江大学大学院中文学部博士課程修了。文学博士（Ph.D）。カンボジア大学総長、人間科学部教授。中国国立浙江工商大学日本言語文化学院教授。その他、英国、中国の大学で、客員教授として教鞭をとる。現代俳句協会会員。社団法人日本ペンクラブ会員。小説は、短篇集「蜥蜴」、「バッタに抱かれて」。詩集は「明日になれば」などがある。小説家・長谷川幸延は、親戚にあたる。
戸渡阿見公式サイト　http://www.totoami.jp/　（08.02.21）

ゆめのまこ　プロフィール

　東京生まれ。
　1990年「詩とメルヘン」サンリオ・イラストコンクール入賞。

〈絵本〉「かあさんのひみつ」（たちばな出版）
　　　「おはなし366」（小学館）
　　　「PLEASANT DREAMS（7）」（サンマーク出版）
〈挿絵〉「こどもを持ったら読む本」（たちばな出版）
　　　「子供の生活・遊びのせかい」（婦人之友社）　など。

戸渡阿見 絵本シリーズ　**チーズ**

2008年3月18日　　初版第1刷発行

作 ―――― 戸渡阿見
絵 ―――― ゆめのまこ
発行人 ―― 笹　節子
発行所 ―― 株式会社　たちばな出版
〒167-0053　東京都杉並区西荻南2-20-9　たちばな出版ビル
TEL　03-5941-2341（代）
FAX　03-5941-2348
ホームページ　http://www.tachibana-inc.co.jp/

デザイン ―― 環境デザイン研究所
印刷・製本 ― 共同印刷株式会社

ISBN978-4-8133-2161-3

素敵な絵本になりました。

戸渡阿見
絵本
シリーズ

『雨』

作●戸渡阿見　絵●ゆめのまこ
B5変形判･上製本／本文56ページ　定価：1,050円

迫力があって男らしく、集中豪雨でニュースにもなる“どしゃ降り”さんと、ロマンチックな文学に登場したり、食べ物にたとえられたりする“春雨”さん。お互いをうらやましがる二人が仲良く語らっているところに、突然乱入してきたのは……。琵琶湖を舞台に、表情豊かな雨たちが繰り広げる、詩情あふれる物語。

『チーズ』

作●戸渡阿見　絵●ゆめのまこ
B5変形判･上製本／本文72ページ　定価：1,050円

少年が、『十勝』と書いてあるチーズを食べようとすると、チーズから赤い液体がにじみ出た。

驚く少年の前に、黒髪の怪物が現れる。その正体とは？

チーズから血が出たわけは。少年の運命は……？

摩訶不思議な戸渡阿見ワールドを、存分にご堪能ください。

『てんとう虫』

作●戸渡阿見　絵●いとうのぶや
B5変形判･上製本／本文24ページ　定価：840円

琵琶湖畔の小枝に止まっていたてんとう虫は、聞こえてきた音楽につられて踊り出す。「いったい、この音楽はなんという曲かな」。その音楽は、てんとう虫を喜ばせ、呼び寄せる魔力がある音楽だった。楽しそうに踊る仲間の中で、雌のてんとう虫と出会った彼は……。

湖面を流れる風を感じる、爽快な作品です。

戸渡阿見の短篇小説が

『わんこそば』

作●戸渡阿見　絵●いとうのぶや
B5変形判・上製本／本文24ページ　定価：840円

盛岡駅に車を停めて、わんこそばのお店に入った“ぼく”。
お店のお姉さんが出してくれた漆塗りのお椀の蓋を開けると、
お椀の底に、金泥で描かれた犬の顔があった！
怖くなって蓋を閉めた“ぼく”が、もう一度蓋を開けると……。
戸渡阿見が綴る、軽妙洒脱な世界。

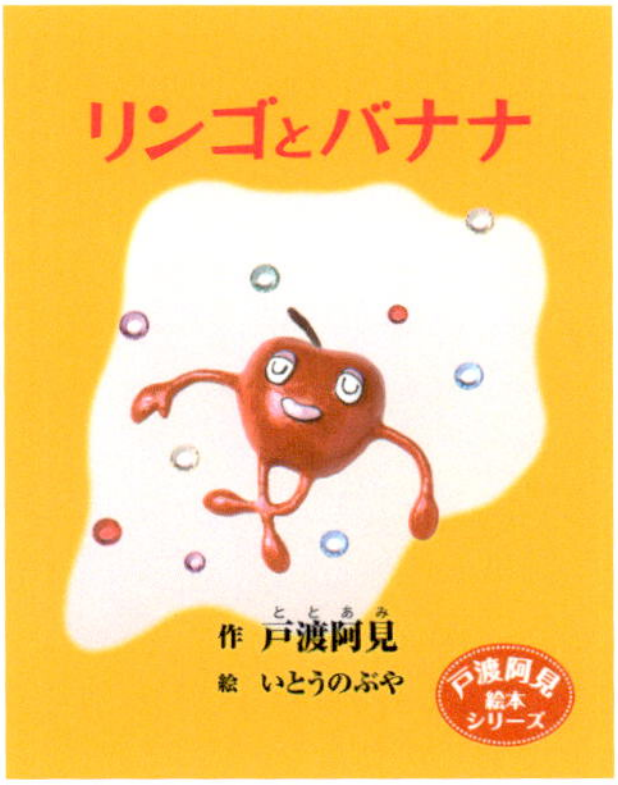

『リンゴとバナナ』

作●戸渡阿見　絵●いとうのぶや
B5変形判・上製本／本文20ページ　定価：840円

バナナ「足がこむら返りになると、おぼれるぞ」

リンゴ「そんなバナナことにはならんよーだ」

プールを舞台に、リンゴとバナナが繰り広げるギャグの応酬。

悩める人も、悩みのない人も、真っ白な気持ちで戸渡阿見ワールドに身を委ねてみてください。

きっと幸せな気持ちになれることでしょう。

『ある愛のかたち』

作●戸渡阿見　絵●いとうのぶや
B5変形判・上製本／本文36ページ　定価：1,050円

太陽がまぶしい。そこで部屋に戻り、トイレに行った。

まぶしかった太陽を思い浮かべていると、ツルツルと気持ち良くうんこが出た。卵を産んだ雌ジャケの周りを、雄ジャケが泳いで白い液をかけるように、黄色いオシッコがあとを追って勢い良く出た。そこから、愛の物語が始まった――。

戸渡阿見が紡ぎ出す、崇高な愛の物語。